기억 속의 그 별

김정희 시집

시인의 말

보이는 것으로

보이지 않는 입속의 말

한 권 이름으로 펼쳐 놓는 것

욕심이었다

남김 없는 아쉬움 찾을 길 없어

머물러 있는 그 마음

다 읽지 못하고

새로운 시간을 치장하고

길을 나선다

밖에는 흰 눈이 내리고

나는 또 겨울을 사랑하고

입김으로 사라진 하얀 그늘

저만치 어둠에 서성인다

손 시린 날

별빛을 기억하는 그곳에 묻어둔

가난한 한마디 말

새봄

새싹 되기를 꿈꾼다

2025년 12월

김정희

차 례

● 시인의 말

제1부 산국화 그 길

제4부 밤바다 그 언저리에

제1부
산국화 그 길

엄마의 집

내가 가장 오래 살았던
엄마의 집 허물고
내 아들의 엄마 집을 짓는다

나는 그리운 엄마보다 늙어 있고
먼 길 돌아와 부르튼 발
댓돌 위에 가지런히 벗어놓고
그 품에 안기려 한다

뒤돌아보며 떠났던 집
내 입으로 터져 나온 첫 모국어
음—마가 있는 집

그 궁전으로 다시 들어가
햇살 가득 양수 속에
무한히 자유로워지는 일
나 또한 엄마가 되는 집

돌나물 물김치

한 숟갈 물김치 위에 뜬 봄 햇살
초록의 돌나물 두레 밥상 앞에 앉아
농익은 얼굴의 맛으로 빛난다

쓴맛이 삭고 삭아서 서로 마주 보고 웃음이 된 햇살
마음에서 마음으로
보리 알맹이 어물어질 날 기다리며
눈 속에 허기를 안고 밭두렁 구석까지
훑어 온 손길도 오늘은 햇살이 되어 웃는다

손 마디마디 푸른 상처를 안고 들길을 돌아와
밥이 되어 달그락달그락 비워지는 공복의 시간
그 속을 끊임없이 채워 주는 어머니
양광의 웃음으로 오셨다

봄맛이 푸른 물김치 속에 잠긴다

온천욕 일기

지하 수천 미터 바위 속에서
참을 수 없이 터져 나오는 땅의 온기
서로의 벽 맨손으로 붙잡고
아래로 아래로 내려가면
수증기로 가려진 나신들의 웅성거림
원시의 시간 속에 돌아온 어머니의 체온
흑백의 명암에 내 몸을 감싼다

태고의 지층을 뚫고 풀어진 마디마디 돌아가서
뜨겁게 살아 내 손 잡아 준 어머니 몸
구석구석 달구어 나에게 다가선다

밀려나는 묵은 때 한 점까지
어머니 아닌 것 없지만
엄니 몸 자꾸만 자꾸만 식어가고
더 이상 솟아오르지 못한 함성 속에서도
마음의 뜨거움으로 나에게 머무는 어머니

바람 소리 숨소리 하나마저 물속에 묻고

차가운 폭포수 정수리에 맞아도

뜨거움, 뜨거움으로 머무는 억겁의 이 온정

기억 속의 그 별

달이 넘어간 지도 오래
깊은 하늘에 빛나는 뭇별들이
나를 키워 왔음을 문득 알게 되는 날
올려다보지 않아도 별 하나 홀연히
내게로 달려와 안긴다

망설임은 오래 가지 않았다
땀방울 젖방울 흥건히 젖은
엄마의 젖가슴
방울방울 뱉을 수 없는 그 맛
가슴으로 온다 또 하나의 별이 되어

섣달그믐 어디쯤
마른 땅으로 뚝 뚝 떨어지는
별 하나의 기억을
날카로운 젖니로 깨물고 우는 밤
쉬이 새벽은 오지 않는다

별 별 그리운 그 별

산국화 그 길

산그늘 비켜선 좁은 길 따라
소슬바람 껴안으며
깊어 가는 가을볕 함께
산국화 노랗게 걸어가네요

먼 길 돌아와 앞서가는
뭉게뭉게 구름 저 멀리
수줍은 하얀 향기 손잡고 가네요

돌아 돌아 가는 것이 산길이라지만
내 어머니도 뉘엿뉘엿 걸어간 길이라
익어가는 그리움에 고개 떨군 채
한 아름 꽃으로 다가갑니다

낮달

마른나무들이 소리 내며 운다

먼지를 뒤집어쓴 입간판들이 떨고 있고
상심한 하늘도 우울한 얼굴이다

11층 구석진 입원실 오후 2시
정지된 시간 안으로 들어온 희미한
창밖의 얼굴

섬찟, 옷깃을 여민다

무엇을 보려 하는가
핏기 없는 달력 속 마지막 남은 숫자가
하얀 벽을 밀며 바둥거리고
푸른 줄무늬 환자복이 순색 이불 속에 묻혀
잠에 빠져 있는데

눈을 감은 시간들
숨소리조차 희미한 불빛 아래 흔들리는

그날 우수에 젖어 있던 낮달의 얼굴
무엇을 말하려 했을까

적막을 보려 했던가 아니면
창을 깨고 죽음을 깨고 일어나
두 다리로 걸어 나가 보아라
울부짖는 나무를 잡고 흔들려 보아라
말하려 했던가

그대로 꺼져가는 오늘 지켜볼 수 없어
창에 얼굴을 대고 소리치고 있었을까

어둠의 깊이 읽지 못히고
아무도 듣지 못하는
시간을 빠져나가는 낮달
가는 그곳 어디쯤에 나 서 있는가

아 그날 그 얼굴
어머니, 어머니

삼베 이불 한 자락

일찍 온 여름 더위에
달아난 밤잠을 찾다 놓치고
다섯 폭 삼베 이불 구깃구깃 끌어안고
볼 수 없었던 젊은 엄마 찾아 나선다

비스듬 벽에 걸린 민화 속 붉은 목단
그 뒤에 박꽃같이 숨었는가
여닫이 부엌문 살며시 열어보면
무쇠솥 아궁이 불꽃 앞에 앉았는가

서성이던 발길 뒤로 삼밭에 엎드려
김을 매는 하얀 수건 속의 엄마 모습
꿈속인 듯 만나지만
흐려지는 눈물 속에 볼 수가 없구나

장롱 깊이 묵혀둔 손수 짠 삼베 한 필
한땀 한땀 이불 되어
잘 살아라 잘 살아라 떠나온 그날부터
살뜰히 덮어주고

한올 한올 엮어 놓은 굳은 매듭

올려다 못 본 하늘 자락

모자라는 바람 한 점

채워 주고 떠나가네

장석을 닦으며

색바랜 이층장 모서리
장석을 닦는다

온 힘이 손끝에 닿아
지난 시간이 벗겨지면
하얀 천 조각에 묻어 나오는
푸른 살림의 흔적
백동 은은함으로 빛이 된다

얇은 그늘에서 한 포기 풀
바들바들 흔들리며 푸르러
먼 하늘의 별을 데려오듯
빈 장롱 속을 채워 온 시간들
내 엷은 살갗에 와닿던 어머니의 온기
덧바른 한지 위에 오래 머문다

풍찬노숙 비바람 속에
온몸을 적셔낸 마음의 나무
선명한 물결무늬 속을 다 보여주고도

몇백 년 푸른 숨결로 돌아와

어머니 그 자리에 서 있다

그 이름 어디에

백일홍 마른 꽃 대궁
늦가을 높바람에 흔들리다
된서리 맞고 하얗게 누웠다

언제쯤 얼굴 한 잎 왔다 갔는지
다 채워 가지 못한 시간은
성긴 낙조 속으로 멀어져 가고
식은 땅도 마르다 부르튼 채 손을 놓는다

살랑 옷깃에 머문 향기조차
어둑 그늘에 지고 나면
황량한 빈 들의 바람 소리
길을 잃는다

언젠가 바람을 헤집고 달려 올
적막한 시간 뒤에 빛바랜 눈송이
발걸음 함께 푹푹 쌓이면
흔적도 없이 날아간
꽃이었던 지난 시간

어느 가슴에 별이 되어

눈 감으면 피어나 있을 미몽의 얼굴 한 송이

오늘 빛바랜 만추의 하늘가

길게 누운 구름 위에

그 이름 살며시 실어 본다

실을 감으며

작은 나무 공방 구석진 자리
장인의 이름 걸린 빈 실패 하나
내 손을 잡는다
잡은 손 이어 널브러진 무명실 한 타래
탱탱히 감아보면 손때 묻은 어머니 반짇고리
따뜻이 채워질까

실보다 굵은 눈물 훔쳐내며
한 땀 한 땀 기워낸 삶의 여정 속에
무명실보다 질긴 인연
내 어머니 은진 송씨 영주님 새겨져 있네

그 모습 찾아가는 이 어둠 속
흐릿한 호롱 불빛 아래 물레 잣는 소리
자장가로 오시는지
얇은 바늘귀 실 꿰어 풀어진 가슴 여며주며
치마폭에 감싸주던 그 손으로 오시는지

허공에 줄을 치며 달래보는 그리움

먹은 나이만큼 늘어나는 두둑한 실패에 얹혀

언젠가 실실 풀어지는 날

어머니 떠나신 길 찾아갈거나

또 하나의 동반자

병원 문을 나서면서 남편은
잡은 손을 슬그머니 내리고 목발을 쥐여 준다
키 높이를 맞춘 한 쌍의 지원군
앞뒤를 둘러보는 새로운 걸음이
디딜 수 없는 발목만큼 어색하다

다행히도
주저앉고 싶은 날에도 그는
일어나라 일어나라 곁을 지키고
외발을 일으켜 신호등 불빛에 맞추어
바쁜 걸음도 되어준다

대중 속 시선에도 아랑곳없이
앞서 나가며 남의 편 아닌
나의 힘 믿어주는 내 편인 그는
한동안 세상을 활보하며
눈물도 받아주는 따뜻한 동반자

하지만

영원하지 못한 인생사

내려놓고 떠나는 냉정할 수 있는 힘까지

그는 내 마음에 심어주고 간다

제2부

수련꽃 핀 아침

수련꽃 핀 아침

어둠을 밀어낸 창 너머
날마다 안부를 전하던 작은 연못에
섬 하나 꽃으로 와서
눈으로 불러본다 어디서 왔느냐고

스스로 거느린 줄기를 잡고
소리 죽여 흐르던 애상의 빗방울이었나

눈물 어린 흔적을 씻고 돌아간 저녁
깊은 물 속을 수없이 자맥질한
햇살의 자취였을까

조용히 물 밖으로 손을 내밀어 이슬을 받고
심중에 적막도 흔들림으로 키워 온
바람이었겠지

아니야, 무언으로 웃는 그 얼굴
이곳 햇살 아래 잠시 쉬었다 가는 바람결에
내 눈을 피하지 말게나
한때의 내 연인이었으니.

도라지꽃

하얀 찻잔 속에 수줍게 오므렸다가

펴져 오는 보라 향기

따뜻이 적셔 올 그 입김

서서히 혼을 놓을 그 눈길 비켜

앞산 자락 돌아 너에게로 간다

저만치서 한줄기 외로이 바람 맞으며

하얗게 일어나 손 흔들어

쉬어가라 하던 그 미소

수줍은 그날로 돌아갈 수는 없지만

온밤의 달빛으로도 다 말할 수 없는 그 언약

오늘은 미약한 꽃으로 온전히 섰다가

뭇꽃 어울려

한 뿌리로 다시 일어니는 날

버릴 수 없는 그 말 다시

새겨 보리라

영원히 사랑한다는

아버지의 무논으로 내려온 봄 햇살

물길을 열어 마른 논 채워 놓고
한 해 농사 시작하는
아버지 둥둥 걷어 올린 무명 바지
햇살 푸른 힘줄에 단단히 묶여 있다

논두렁 사이 두고 이웃 동네 윤 씨 아저씨
소를 부리는 큰 목청 내려놓고
아버지 불러 담뱃불 건네주며
우리 사돈 맺어봄이 어떠냐고 물어 온다

멀리 사는 종고모가 윤씨 집안 시집가서
배태도 못 한 인연 생각이 나서
허옇게 피어오른 담배 연기
길게 허공으로 퍼지고
움—머 움—머
어미 소 우는 소리만 정적을 깬다

한 번도 보지는 못했어도
도시 나가서 공부한다던 그 총각

얼굴 환한 산 벚꽃 향기 같겠지만
혹시나 해서 말 못 하고
웃음으로만 답하는 아버지 입가에
푸른 햇살이 머문다

굽어진 마른 논두렁 귀퉁이로
잔잔히 찾아든 훈풍
슬그머니 밀어내는 손길이 여유롭다

봄볕 내려앉은 무논
딸아이와 그 총각의 얼굴이 살랑거린다
아버지 얼굴에도 웃음이 찰랑거린다

시계 밥

많이도 아팠다 혼자서
땡 땡 땡 알리고도 또 알리고
불덩이 같은 신열은 멈추지 않았다

바늘이 정확한 숫자를
비켜 선지 오래다

시차를 잊고 겨우 살아온 세월
돌아와 둘러보니
수십 년간 보이지 않게 흘러간
발걸음이다

아버지 어머니 벽에서 소리가 나지 않아요
시계 밥 주라고 하신 흩어진 메아리
찾아 모아
다시 태엽을 감는다
자리를 찾아 우리의 시간에
못을 박는다

풀어진 태엽

녹슬지 않았다

아이들이 웃는다

땡 땡 땡

냉이꽃 바람

냉이꽃 아직 땅속에 있고
그 뿌리 하얗게 난전 좌판을 채우는
오일장 골목에서 허기를 만난다

오래된 허기마저 걸음마다 따라오는 하얀 김
무쇠솥 더욱 뜨겁고
머뭇거리다 돌아본 소머리 곰탕 한 그릇
아버지의 장날에는 없었다

소 등짐 가득 실은 나무
다 팔고 온 날
끔벅거리던 소의 두 눈 속에
그렁그렁 고인 눈물
어린 내 눈에 비쳐 흐르던 그날
아득히 내 마음에 돌아와서
냉이꽃 바람으로 일렁인다

아버지의 허기로 채워진 내 발걸음
꺽꺽 마른 입으로 되새김하며

고삐를 잡은 손에 굳게 박힌 자국처럼

오일장 저 골목에 출출히 멈춰 있다

아침 바다

아침 바다가 춤을 추며 밀려온다
먼 산을 지나 달려온 봉두난발
불면의 밤을 지우고 또 하루를
눈부시게 출렁이는 나신
아름다운 날은 내일이 아니다

출렁이는 시간 밖에
정든 한철의 새 떼들 아득히 멀어져 가도
그, 자리 그대로 젖은
눈 뜬 갯바위
디딤돌로 일어서는 황홀한 춤사위

아침 바다는 육신의 살빛으로
너울너울 모난 관절을 키우고 있다

점박이 날개

현관문이 열리고
품속으로 달려드는 아이 앞에
종이비행기 날개 가득
파란 하늘 냄새가 난다

키 작은 머리 위로
무지개 바람을 쫓아
얼마나 멀리 날고 돌아온 걸음인지
땀방울 송글송글 숨 고르고 있다

맑은 눈 가득히
조물조물 곱게 접은 날개 위로
점점 커져가는 동그란 점무늬
푸른 밤을 기다리지 않아도 날개는 별이 되고

기우는 햇살도 때로는 별이 되는
할머니 눈을 따라
세상 어디든 날개를 펴는 점박이

오늘도 품 안은 온통 푸른 하늘이다

떠난 자리

지난 시간 그곳에 있어
빈집에 갔다
아직 옮겨가지 못한 우편물
빈 주소에 걸려 누워 있고
어디서 찍혔는지 범칙금 통지서
허둥대던 날들을 세우고 있다

바쁜 승강기 빈집 알 리 없이
위층 어디쯤 멈춰 있고 사람 소리 들을 수 없다
날렵한 검지 비밀번호 단숨에 열면
당당한 걸음 들락거리던 말들
현관은 아직도 따뜻하다

방마다 채워 놓은 숨소리
배를 깔고 누워 일상을 적어 나가면
시원한 바람 응원의 함성 되어 함께 했던 기억
물기 마른 베란다의 낡은 타일 위에
꽃자리가 되어 웃는다

수도꼭지 틀어 서로의 안부를 묻고

아침마다 떠오르던 햇살 더듬어 보지만

달그락거리던 음식 냄새도 입맛을 잃었다

새로울 것 없는 변기통에 물을 내리고

돌아 나온 현관

눈치 없는 센서 등만 저 혼자 환하다 꺼지고 나면

구석구석에 묻혀 아직 만나지 못한 시간들

추억의 외로운 옷을 입고

또 언제까지 함께 어우러져 있으리라

봄 햇살 그대

오래된 빨랫줄에
하얀 입김 널어 두고 들어온 거실엔
나보다 먼저 젖힌 커튼 창살 넘어 봄 햇살이
들어와 앉아 있다

젖은 손등 감싸주며 토닥토닥 눈 맞추고
날마다 마주할 수 없었던 아픔 묻지 않는다
그냥 따뜻함 온몸으로 전해주는 배려뿐이다

오랜만에 안경을 벗은 채 눈을 뜨고
조용조용 소리 낮추는 오늘의 얘기
끝없이 바래어 가면
삶의 충만은 만개한 하얀 내 머리 꽃 위에서
반짝반짝 빛나고

그는 내가 만져 볼 수 없었던 자리까지
맑은 눈으로 닦아내며
흔적 없이 사라져 간다

더 이상 꿈꾸지 않아도 좋은 나절

그의 흔적과 팔을 걸고 짙은 건배를 한다

벼를 일으키며

태풍에 납작하게 엎드린 벼 포기
일으켜 세우다 보니
고개를 숙이고 허리를 낮추는 일
내가 할 수 있어 감사하다

엉거주춤 지탱하는 두 다리
단단히 일어나 하늘을 보고
허리를 펼 수 있어 이 은혜는
어디에서 오는가

때론 바람에 쓰러지고 소리에 흔들리고
빗발치는 어둠에 헤맬 때
눕지 않고는 견뎌 낼 수 없었던 절박함에도
뿌리를 잡고 버텨 온
뜨거운 밥알 하나하나
내 숨소리 기억하고 있다

그 기억 내 열 손가락 열 발가락
받아 적어 낮은 몸

더 깊은 땅에 뿌려서

티 없는 그대의 하얀 얼굴

나도 한 그릇 거룩한 고봉밥이 되리라.

그 목소리

가끔 다니던 길 벗어나
걸음걸음 감겨오는 한 목소리
허기진 외침이 어둠보다 무겁게
내려앉은 이른 저녁

야윈 가슴 풀어 새끼를 품어야 하는
모진 삶의 약속
초승달 난간 끝으로 언뜻 보이는
길고양이 작은 젖꼭지
분홍 꽃보다 짙은 아픔이다

돌아갈 수 없는 정 한 그릇
채워두고 돌아보면
그릇을 차지한 새끼들 뒤에서
실눈 감았다 떴다
적막이 울타리 되어 기다리는 그 어미

비 그친 아침
나팔꽃 그늘 아래

먹이를 찾아 헤매는 어미의

눈물 젖은 그 목소리

어린 기다림은 귀를 열고

간절함에 목마르고.

가까운 사이

먼 곳 어디에서 새벽닭 울음소리
여명을 알리면
눈 비비며 길을 잡고 남새밭 갈 때
걸음마다 따라오던 새벽 눈썹달
이슬 머금은 콩잎 속
콩꽃으로 내려와 속삭인다
보고 싶었다고

볼 수 없으면 먼 곳인지 이제는 알아
발길 닿는 이곳에서
달이 커지면
콩알이 여물어가는 소리를 듣고
맑은 바람 기대어 땀방울 씻어내는
네 모습 함께
풀잎 지나는 길가
풀벌레 말없이 손잡아주는
사이좋은 이름으로 남아 볼까나

제3부

텃밭에서 묻는다

천 알의 염주

반백의 머리맡에
천 알의 염주
마디마디 풀어져 누워 있다

밤새도록 천장에서 내려다보던
편백나무 곳곳에 박혀 있던 검은 옹이
몇천 번을 염송한 한 물음에
답이 되어 왔던가

달려온 여명 앞에
보여지는 일상
내가 찾는다는 빛
등 뒤에서도 빛나고
옹이 안은 나무의 자리
오랫동안 그곳에 있었음이 보인다

비로자나
나, 너
풀리고 헤어진 자리마다

알알이

빛나고 있는 것을

꽃잎 물들어 가는 날

볕 좋은 창밖 잔디 마당으로 어디서 내려왔는지
비둘기 두 마리 어슬렁거린다
귀퉁이 돌아 나온 눈이 노란 검은 고양이는
제 몸을 소중히 핥고
작은 박새들 포롱 포롱 날다 앉다 서로
혀를 내밀어 얘기를 섞으니
창 안에 머물던 명상 음악도 나가서
풍경 속에 하나 되어 흐른다

약속도 없는 만남
그들이 놀라지 않는 내 모습이고 싶다

때로는 나를 감싼 작은 밀실의 적막도
저기 텅 빈 허공을 가로지르는
한낮의 얘기들에 귀를 열면
철없이 담장으로 고개 내민 장미 몇 송이
눈부시게 꽃으로 다가오듯이

새롭게 보여지는 시간을 안고

내가 찾아가는 평안의 뜨락이

저기 저렇게 분분한 바람꽃 속에서도 서로를

불러주는 그리움에서 오는 것인데

내 얼굴이 없으면 너의 얼굴도 없는 세상의 꽃밭

한철 어지럽게 가고 있는 그 어디쯤

풍경으로 물든 수채화 한 점으로 남아 볼까나

텃밭에서 묻는다

이른 아침 텃밭에는
열무잎으로 내린 이슬이
온전히 자리를 지키고 있다

푸른 잎 뒤로 푸른 벌레는 비몽사몽
아직 잠 속에 있다
깨울 수 없어 잎을 뜯어 내려놓고
빈 공간을 들여다보는데
같은 잎이라도
같이 푸르러질 수 없는 것이 참 많다는 듯
풀잎 하나가 흔들린다

이슬에 젖은 눈으로 이슬을 꿈꾸고
돌아누워서도 돌아눕기를 꿈꾸는
살아 있다는 현실은 말할 수 없는 거라서
풀잎은 저렇게 흔들리는 것일까
물어봐도 모를 일
내 맑은 빛 뒤에서도 꿈꾸어야 하는 내 눈과
푸르름 속에서도 푸르름을 찾는 배추나방의

두 눈이 햇볕 속에서 마주친다

이슬이 자리를 비켜가고 있다
푸른 잎이 싱싱 일어선다

홍류폭포 가는 길

하늘을 타고 내려오는 물줄기 산이 되었네
간월산 그늘 아래 길을 열어
저 혼자 피었다 지고 가는 산 벚꽃
발 아래 돌을 비켜 물 따라 일렁이며
꽃구름 그늘 안고 흘러만 가네

산마을 어린 새들 간 곳 없어도
저절로 가는 데까지 가고 마는 분홍 꽃잎

토닥토닥 발걸음 함께 흘러보는
꽃같이 아름다운 시절인연
그 속에 앞서가는 그대 뒷모습
윤이월 한낮의 햇살로 익어간다

오르는 길 위에 내려가는 물
그 위에 산이 있어 하늘을 담는데
돌아보니 아뿔싸,
폭포 같던 나의 길도 어느덧 저만큼
꽃잎 속에 묻혀 분분히 흘러가네

이월 어느 날

고적한 옛집 툇마루에 걸터앉아
짧은 햇살의 온기를 느끼며
돌아보는 내 그림자
빛의 각도 따라 모양 또한 바뀌는데
나의 것이라는 물체
빛과 그림자 사이에서 흔들리고
떼 내어 보라 하는 그 마음조차
마루 끝에서 서성거리는데
버리지 못해 남아 있는
지나간 날의 어린 순정들만
나른히 햇살에 퍼져
하오의 그늘을 지워나간다

반가사유상 앞에서

어둠이 들어 왔다 다 나가지 못하고
빛에 걸려 있다
탈색된 그늘 속에서 찾아야 할 사람
누구인가

내 마음의 거리만큼 떨어진 사유상 앞에서
굳어버린 관절 뉘가 볼까 두리번거린다

박물관 벽을 등지고 또 하나의 표정
누대에 올라앉는다
마음은 어디 있는지
여기 붙었다 저기 붙었다 윙윙거린다

고요 속에도 잠들지 않는 생각
햇살이 어둠 속을 걸어 들어가듯
보살은 세상으로 나가고
눈앞에 일어난 새날
그림자 따라온 걸음들도
고개 숙여 나직이 발을 찾는다

안개 속 산사

풍경도 잠이 든 이른 아침
어젯밤 빗속에 뒷산은
조용히 대웅전 앞으로 내려와
요사채로 걸쳐 있다

법당문 빗장 풀리지 않고
후원의 연못 속
수련꽃 봉우리 위에
청개구리 한 마리
법계의 몸으로 젖어 있다

관세음보살
관세음보살
합장한 두 손 열리지 않고
청개구리 간 곳 없으니

법당문 스르르 열고 나온 여린 빗줄기
불이문 지나 산문 어디
흐린 자국 한 걸음 찾아 헤맨다

명태 보살

해동된 명태 두어 마리
물빛을 달고 달려왔다

올려다보는 처마 끝에 매달려
엄동 한파와 싸워 보리라
눈을 뜨고 깊은 생각에 잠긴다
다시 꽁꽁 얼다 녹다를 반복하다가
맑은 영혼은 바다를 놓고
마른 몸 별이 되리라

바람에 풍경 되어 달각달각
아직 내가 바람이 될 날은 멀었는데
날마다 붉은 눈으로 쳐다보는
고양이 한 마리
내 한 몸 소멸도 순간의 보시가 된다면
밤 별이 된 그 눈 속으로
캄캄히 들어가고 말리라

해 뜨면 높이 매달은 손이

더 높은 적선의 길 간 줄

안다면 축복이겠지만

명태 보살 한 마리 왔다 간 처마

적막이 풍경 소리로 흐른다

콩나물 키우기

통도사 큰 법당 대중 속에 앉아
아무도 모르게 졸고 있는 한 행자
할머니의 자장가로 들리는 큰 스님 법문
마음은 조용히 밖으로 나온다
나는 어젯밤 앉혀놓은 콩나물시루에
콩이 불어 싹을 틔울지 못 틔울지
의심 하나 없이 물을 부어준다
콩이 물을 먹었는지 못 먹었는지
걸쳐 놓은 쳇다리 사이로
맑은 물이 줄줄 흘러내리니
바가지도 넘치고 옹가지도 넘친다
법당의 행자 법문 담을 그릇 하도 작아
오른쪽 귀로 들어간 말
쳇다리 사이로 흐르는 물처럼
왼쪽 귀로 나가는 줄도 모르고
죽비 소리에 놀라기만 한다
그래도 지어진 인연의 콩알
물 밑에서 꿈틀거리고
맹물처럼 귓전을 스쳐 간 법문은

언젠가 올곧은 성불의 콩나물로 자라

공양의 보시가 왜 되지 않겠나

잔설

잎 떨어진 나뭇가지에서
하늘 끝으로
새들은 날아가고

분분히 빛나던
기억의 소실점에서 만난 하얀 옷자락
마른 풀잎 땅 그늘 품은 산자락에
눈물 젖은 얼굴로 누워
시린 마음 보듬고 섰다

새들도 알 것이다
흔적조차 없을 그 자리, 꽃잎이란
잠시 환한 빛으로 왔다가
흐린 날의 잔상처럼 사라져 간다는 것을

아직 허기져 떨리는 가슴에서
연민은 녹고 녹아서 먼 산에 섰고
먼 나라에 유성처럼 흩날리는
지난 그 얼굴들

비가 되어 울던 벤치

꽃 피어 하늘 맑은 날

꽃나무 아래 벤치는 뒷모습도 꽃이었지만

꽃지고 잎 그늘 사이 햇살 지나고

검은 버찌 억장으로 내려앉은 날

유월 햇살보다 뜨거웠던

방어진 화장장 굴뚝 그 위로 어린 새 한 마리

꽃구름 속으로 날아가고

비가 되어 울던 그 벤치

말문을 닫고 고개 들지 못하는 어미

발 아래 꽃의 흔적 뭉개고 또 뭉개고

피멍 든 검붉은 흙 강물이 되어도

흐르지 못하고 늪으로 누워 있었다

마른하늘 구름 조각마저 굴뚝에 걸려

검게 타 비를 뿌리니

기다림의 약속마저 벤치 위에 묻은 채 서서히

늪 속으로 사라져갔다

돌아오지 않는 벤치

회상 속에 한 컷의 정물로 남아 있다

더 낮은 곳으로 흘러가는 길

며칠 내린 빗물이 낮은 곳 물을 안고
내려가는 숨 가쁜 소리 쏴아 쏴아
깊은 어둠 위에 내 잠도 흐른다

절뚝이며 걸어 온 많은 걸음들
큰물 소리에 묻히고 세상의 바다는
용서를 준비하고 있다

작은 돌 틈을 지나 고요한 발밑으로
젖은 흙도 달래며 걸어 왔던 길
흘러가야 할 그 길도
더 낮은 곳에 마중하고 있었던 것을

서로 젖어가면서 낮은 숨소리 되어
등을 다독이던 밤

문밖에서는 질퍽한 길가
젖지 않은 마음의 온기를 담아 더 낮은 곳의
어둠을 지나 새벽으로 달려간다

제4부

밤바다 그 언저리에

소금나루 도서관

강물은 먼바다를 안고
잠시 머물다
낮은 곳으로 슬금슬금 젖어 와서
어두워진 골목 끝에서
왕창 풀어 놓고 갔다

짠물 가득 밴 항아리 엎어진 채
말이 없는 마포구 염리동 길가
소금나루 도서관

햇살 받은 소금밭으로 눈부신 윤슬이
양식되어 가지런히 꽂혀 있다

눈 맞추어 손을 잡고
슴슴한 일상에
간 맞추듯 손맛 내면
출렁이는 삶의 바다는 리듬이 된다

입 큰 항아리 일어나 걸어 오는데

하루해가 짧아 소금나루는

자꾸만 하늘을 본다

동행

뒷집 할머니 팔십에 마음은 청춘이라며
굽어진 허리 지탱해 주는
두 발 캐리어 밀고 오일장에 간다
간간이 오는 자율형 버스를 타고

없는 것 빼고 다 있다는 읍내 오일장
등 굽은 생선 한 마리
빛깔 고운 뻥튀기 과자 한 봉지까지
젊은 날 기억들이 옹기종기 좌판에 누워 손짓하는
골목 돌아 나오면
햇살은 굽은 허리 위에서 머뭇거리다가
천천히 주름 얼굴을 데워준다

사람 구경 용품 구경 다 하고
돌아보니
모두가 세상 풍경 속에 한 물건인 것을

성시가 파장이 되듯 살아가는 이야기
싱싱한 물미역 반들반들 파래 한 줌까지

터진 봉지 넘쳐 나와 삐죽이 웃고

끄덕끄덕 두 발 캐리어

기울어진 높이만큼 짧게 남은 햇살을 신고

아장아장 한 마장 길 걸어서 온다

역逆방향으로 가는 길

해가 저문 지 오래되었다
갈 길이 멀지만 한 걸음 내디딘다

기차는 잠깐의 기다림 접고
미끄러지듯 역사를 빠져나간다

오늘도 순방향은 매진이었다
등을 기댄 의자는 말이 없고
감은 눈 속으로 어둠도 지나간다

이제 이기기 위해 넘어지지 않는다
돌아보는 꿈 어디 있는지
살피지도 않는다
나를 기다리는 사람 없어도
가야만 하는 곳
그 자리로 나는 가고 있다

덜컹거리는 시간 밖으로
어둠이 밀려가고

가끔 경유하는 작은 역사 불빛 아래
가고 오는 사람들 등짝들도 바람에 밀려
어디론가 사라져간다

만남은 서로의 등 토닥토닥
오래오래 엇갈림 참아내며
한곳으로 가는 길 위에 있는 것을

가야 할 곳은 등 뒤에 있고
역방향으로 달려온 길도
여명의 무렵 다시 등을 돌려
나의 길을 가야 한다

하지 감자 심는 날

뚱뚱한 차량에 큰 나발을 달고
좁은 밭둑으로 뒤뚱거리며 걸어와
빈 밭으로 목 놓아 소중한 한 표 풀어놓고
또 한 표 흙손을 잡는다

땅을 파먹던 두더지 지렁이 손을 놓고
뚫린 하늘을 생각 없이 쳐다볼 때
나는 사래 긴 밭고랑에 앉아
감자 싹 나올 눈을 찾아
고운 흙을 덮는다

하루이틀 바람 지나 조용한 밭둑으로
민들레 씀바귀꽃 손잡고 피어나면
흙을 열고 햇살 받으며 저 혼자 굵어 갈
하지감자 고운 얼굴 땅속에 있다

길 위를 펄럭이던 한 표의 목소리 멀어져 가고
뜨겁게 먹어볼 그날 기다리며
배고픈 오늘 하루 더 참아내는

얼굴도 없는 내 안의 한 표
따뜻한 가슴에 묻고
나만의 이름 감자
조용히 불러본다

고추를 말리며

텃밭에서 풋이름 생생한 날들이 익어
붉어진 몸 한 소쿠리 땀방울 함께
마르는 일 그냥 되겠냐마는
한낮 염천에 누웠다가
먹구름 밑에 앉았다 섰다 뒤척이다가
가끔 장대 소낙비에 허둥대기도 한다

마르다 젖은 몸 고이 닦아
따끈한 자리 깔아 책상 아래 펼쳐 놓으니
열 받은 그 몸 냄새 책상 위에 올라앉아
코끝을 간질이다가 목을 누른다

눈물 콧물 쏙 빼놓고 조용히 시들어가는
몸값 따지지 않는 깊은 시간 지나고서야
너를 알았다 할게

온몸 불살라 물러지며 말라가는 이름 앞에
나는 언제쯤 고추보다 더 매운 말을 모아
마른 가슴 적셔줄 삶의 시 한 줄 찾아보겠나

철 지난 감자 싹

계절이 바뀌어도

땅으로 가지 못한 감자 싹 하나

제 살 갈아 먹도록

잊고 지낸 부끄러운 얼굴

두꺼운 상자 속의 막막한 시간 뒤로

잃어버린 뜨거운 그 이름 하나

하얀 감자꽃 위에 나는

나비의 꿈 부르지 못하고

빛바랜 삶의 외각에서

차마 버릴 수 없어 도려낸 기억 한쪽

꽃들은 지고 그리움은 남아

반짝반짝 그 이름 불러줄 날은 언제일까

낙엽처럼 생애의 계절이 가도 남아 있을 그 이름

서로 마음을 포개어

뜨겁게 잡고 왔던 서로의 손

기약 없이 제자리로 돌아가고

계절은 속절없이 또 한 번 허공에서 손사래를 친다.

밤바다 그 언저리에서

얼마나 멀리 걸어왔던가
망망한 해원을 지나
쉼 없이 달려온 물살 앞에 선 그대
빈 발목이 시리다

멀리 보이는 고깃배의 한점 불빛이
아스라이 지나온 해로 속에 묻어둔
한철 꽃잎이었던가

밀려오는 잔상 속에
가만히 엎드린 물안개 끌어안고
목 놓아 그날들을 불러보지만
기억 속에 젖은 꽃잎 더욱 멀어져 가고
뱃전에 흩어져버린 발자국 별무리에 숨는다

갈팡질팡 뜬눈으로 새벽에 닿으면
충혈된 눈 속에 떠오르는 또 하루
걸음걸음 물비늘을 달고
어디로 가려는지

비틀거려도 쓸려가지는 말아야지
하얀 물거품으로 달아나지 말아야지
밤바람에 다독이며 여며보는 옷깃 속의 연민
길을 찾는데

한 발짝 넘어선 물 난간에 묻힌 가로등
저 혼자 밝아 무심히
그대 발을 지키고 섰다.

바람 그림

순천만 겨울 갈대밭 사이 물길 위를
종종거리다 미끄러지는 바람
잡을 수 없어
지지 못한 갈대꽃 멍하니 쳐다보는데

뒷걸음치며 가는 길 앞에
어디쯤 가다 왔는지 빈 나무배 한 척
갯벌 선착장에 묶여
나를 힐끗거린다

모른 척 눈을 피하다가
철새들이 찍어 놓은 발자국에
한 발 담가
미끄러지는 그림 그려 본다

그 자국마다 윤슬을 내려놓는 햇살이
나무배를 끌고
둑 너머 큰 세상에 닿아 준다면

바람 함께 일렁이며

한통속 물이 되어 흘러갈 남은 여정

한점 손끝으로 그려내어

갯벌 위에 걸어 두고 가런만

틈 사이로 핀 꽃

발길이 뜸한 길가
무너진 벽 틈 사이로
하현 달빛이 천천히 지나간다

하늘 바람도 잘게 잘게 부수어
길 위를 구르며 꿈을 꾸고 가는
낮달의 뒷모습
낮은 걸음 지켜보며
빈손으로 이름을 달았다

멍든 가슴 풀어 풀꽃으로 피어난 개망초
틈나는 대로 숨은 해가 웃어주고
숨은 달이 웃어준다

온종일 바람 속에서
가냘픈 몸 하나 흔들리다가
눈멀어지는 순정의 여인
걸음걸음 자국마다 휑한 눈망울 남겨놓고
이 밤이 지나면 말없이 떠나가려나

이파리 하나

빛바랜 후박나무 잎사귀 하나
늦가을 빗물에 젖어 식은 땅을 덮는다
칠십을 바라보는 가슴이 설렙니다
아직 제대로 된 인연 하나 만나지 못했는데
한나절 나뭇잎 그늘 아래
흐르는 땀을 닦아주고
이제는 해거름 발아래 온기를 채워 놓고
어디로 가는지 모릅니다
밟히면 어떻고 책갈피 속에
묻히면 어떠랴
바람에 날려가다
삐죽거리는 뺨을 때려보는
운 좋은 걸음도 가는 한 걸음인 것을
정처도 없는 길 한 줄 끌고
일찍 나온 저녁달 쳐다보며
허허 웃음 하루해에 젖어갑니다

여정, 하늘에서 하루

묶음이 두둑한 나이를 안고
색 바랜 날개를 덧붙여
가늠할 수 없는 속도에도 조용한
시간의 기체 위에 몸을 실었다

하늘과 땅 그 경계에서
나무는 굽어져도 하늘을 보고
강은 휘어져도 말없이 길을 찾는다
온전히 살아갈 세상
언젠가는 바람처럼 스쳐 갈 그곳
자막은 간격 사이로 밝게 지나간다

어디쯤 가고 있는지
기우뚱거리는 기체의 몸부림에
바람도 잠시 길을 헤매고
낯선 사람들 속에 던져놓은 길의 여정
앞서거니 뒤서거니 구름도 달려가고
시간보다 더 빨리 날아가는
마음의 율동을 타고

해 지는 서쪽으로 나는 날아가지만

고도의 상승과 낙차를 반복하던 창공에
하루해는 지고
저 멀리 강을 건너 불 꺼진 창끝에 서서
이국땅 밤하늘에 별을 찾는다

한 방울 눈물이 때로는 별이 되는가
외로운 마음에 불러보는 하늘 밖 별의 이름들

눈이 맑은 날
언젠가는 그날이 오늘이라는
마지막 기별처럼
등 뒤에 햇살에 뒷짐을 풀고 만나는 손
나란히 산마을 예배당에도 가고
강 건너 곤돌라도 같이 탄다

뤼순 어느 봄날

오월이 시작된 반도의 남쪽
여순의 높은 담장 안에는
라일락꽃 흐드러지게 피어
그 향기 세상의 길 위를
여행하고 있습니다

어둠을 버텨내며 여기까지 걸어온
꽃의 시간은 알 수 없습니다
그날 조국으로 가는 길은
캄캄하게 멀리 있고
은행나무 새순조차 찬 서리에 아팠습니다

창살을 넘어 들려오는 만세 소리
하늘로 향한 아우성이
천만 송이 슬픈 민족의 얼굴로 피어
하얀 나비 춤추던 그때도
꽃들의 노래는 오늘처럼 슬펐으니까요.

사물의 자기화와 자아의 사물화 시학

유한근

(문학평론가)

1. 별과 햇살, 그리고 엄마 모티프

김정희 시를 일별하면 한국적 정서가 순식간에 흡수된다. 한국적 정서란 전통문화 친화, 가족 친화, 자연 친화 사상, 그리고 토착적인 불교 친화 사상을 의미한다. 이러한 한국적 정서는 세계적인 인간의 근본 사상을 근본으로 하며 김정희 시인의 특별하고 개성적인 정서로 나타난다. 이를 입증하는 시는 표제시인 「기억 속의 그 별」이다.

달이 넘어간 지도 오래

깊은 하늘에 빛나는 뭇별들이

나를 키워 왔음을 문득 알게 되는 날

올려다보지 않아도 별 하나 홀연히

내게로 달려와 안긴다

망설임은 오래 가지 않았다

땀방울 젖방울 흥건히 젖은

엄마의 젖가슴

방울방울 뱉을 수 없는 그 맛

가슴으로 온다 또 하나의 별이 되어

섣달그믐 어디쯤

마른 땅으로 뚝 뚝 떨어지는

별 하나의 기억을

날카로운 젖니로 깨물고 우는 밤

쉬이 새벽은 오지 않는다

별 별 그리운 그 별

　　　　　　　　　　—「기억 속의 그 별」전문

　밤하늘에 떠 있어 한국인의 정서를 시적으로 표상하고 있
는 대상은 오래전부터 '달'이었다. '달'은 신라가요인 「찬기파

랑가」와「정읍사」에서부터 한국인의 문학적인 소재 전통으로 자리 잡고 있는 시적 대상이다. 그 대상을 김정희 시인은 위의 시「기억 속의 그 별」첫 행("달이 넘어간 지도 오래")에서 시 한 행으로 뛰어넘는다. 그리고 시적 화소를 '별'로 바꾼다("깊은 하늘에 빛나는 뭇별들이/ 나를 키워 왔음을 문득 알게 되는 날/ 올려다보지 않아도 별 하나 홀연히/ 내게로 달려와 안긴다"). 그 별은 "땀방울 젖방울 흥건히 젖은/ 엄마의 젖가슴"으로 혹은 "또 하나의 별"로 형상화한다. 이것은 물론 김정희 시인의 개성적인 이미지의 형상화로 기존의 자연 친화 사상적인 서정시와는 변별성을 갖게 되는 시적 모반이며 사물을 자기화하는 시학으로 주목받게 되는 시인의 개인적인 모티프이다.

'어머니의 젖가슴'의 보편적 이미지는 '별'보다는 '달'이다. 그럼에도 불구하고 김정희 시인은 "섣달그믐 어디쯤/ 마른 땅으로 뚝 뚝 떨어지는/ 별 하나의 기억"에서의 어머니의 젖물을 별로 표상하는 것으로, "날카로운 젖니로 깨물고 우는 밤"으로 형상화한다. 그리고 "별 별 그리운 그 별"과 어머니가 김정희 시인의 중요한 시적 모티프가 되고 있음은 분명하다. 김정희 시인은 울산광역시 울주군 삼남읍에서 태어나서 학업을 마치고 고향에 거주하고 있으며, 영남알프스의 아름다운 자연 속에서 성장하면서 자연이 주는 아름다움과 경이로움을 가슴 깊이 새기며 시심을 키워왔다고 자신을 소개한 바 있다. 이러한 자연인의 삶이 시인으로서의 삶에 반영되는 것으로 보아도 좋을 것이다.

내가 가장 오래 살았던

엄마의 집 허물고

내 아들의 엄마 집을 짓는다

나는 그리운 엄마보다 늙어 있고

먼 길 돌아와 부르튼 발

댓돌 위에 가지런히 벗어놓고

그 품에 안기려 한다

뒤돌아보며 떠났던 집

내 입으로 터져 나온 첫 모국어

음―마가 있는 집

그 궁전으로 다시 들어가

햇살 가득 양수 속에

무한히 자유로워지는 일

나 또한 엄마가 되는 집

—「엄마의 집」 전문

시 「엄마의 집」에서 시인은 편하게 토로한다. 시에서 보여
주고 있는 엄마와 집, 혹은 집을 상징하는 엄마를 표상하는 키
워드는 이미지 "먼 길 돌아와 부르튼 발/ 댓돌 위에 가지런히
벗어놓고"와 "음―마가 있는 집" 그리고 "햇살 가득 양수 속에

/ 무한이 자유로워지는 일"에서의 '부르튼 발' '댓돌' '음—마'
'양수', 그리고 '집'이다. 이를 통해서 시인은 엄마를 원형적으
로 표상하고 있고, 엄마의 이미지를 원형적 미학으로 보여주
어 주목된다.

　또한 같은 맥락에서 시 「돌나물 물김치」라는 시에서, 어떤
시인도 어머니를 모티프로 한 시에서 보여주지 못한 이미지
와 정서를 보여준다.

　　한 숟갈 물김치 위에 뜬 봄 햇살
　　초록의 돌나물 두레 밥상 앞에 앉아
　　농익은 얼굴의 맛으로 빛난다

　　쓴맛이 삭고 삭아서 서로 마주 보고 웃음이 된 햇살
　　마음에서 마음으로
　　보리 알맹이 여물어질 날 기다리며
　　눈 속에 허기를 안고 밭두렁 구석까지
　　훑어 온 손길도 오늘은 햇살이 되어 웃는다

　　손 마디마디 푸른 상처를 안고 들길을 돌아와
　　밥이 되어 달그락달그락 비워지는 공복의 시간
　　그 속을 끊임없이 채워 주는 어머니
　　양광의 웃음으로 오셨다

봄맛이 푸른 물김치 속에 잠긴다

—「돌나물 물김치」 전문

이 시에서의 시적 자아는 '돌나물 물김치'가 아니라 '봄 햇살'이다. 두레 밥상에 올려져 있는 "한 숟갈 물김치 위에 뜬 봄 햇살"이다. 그리고 "쓴맛이 삭고 삭아서 서로 마주 보고 웃음이 된 햇살"로 이 햇살이 표상하고 있는 의미는 공복을 "끊임없이 채워 주는 어머니"의 자식인 아이들이다. 그 햇살 같은 아이들을 바라보는 어머니를 시인은 3연에서 "양광의 웃음으로 오셨다"라고 표현함으로써 그 어머니를 '양광'의 이미지로 그리고 있다.

그리고 "물김치 위에 뜬 봄 햇살"이 "돌나물 두레 밥상 앞에 앉아/ 농익은 얼굴의 맛으로 빛"나는 봄맛이 되고, 그 봄맛이 "푸른 물김치 속에 잠"겨 '돌나물 물김치'로 숙성된다는 이 이미지는 어머니와 아이들이라는 봄 가족의 햇살로 정겹고 따스하다.

토로컨대, 필자는 김정희 시인의 「돌나물 물김치」를 일별하면서 큰 경외감을 가졌다. 자칫 잘못하면 진부할 수 있는 혹은 우리에게 익숙한 자연 친화적인 글감을 이렇게 심미적으로 형상화할 수 있음에 놀랐다. 반세기 동안 시 평론을 해 보면서 이런 시를 본 적이 없기 때문이다.

'봄햇살'을 모티프로 한 또 하나의 시는 「아버지의 무논으로 내려온 봄 햇살」이다. 이 시에서 '봄햇살'은 두레밥상에서 무논으로 내려온다. 이 시는 이야기 시이다. 소를 부리는 윤씨 아저씨가 담뱃불을 건네며 사돈 맺기를 청하고, 종고모가 그 윤씨 집안으로 멀리 시집갔지만 배태하지 못해 담배 연기를 피우고, 어미 소는 정적을 깨고, "한 번도 보지는 못했어도 / 도시 나가서 공부한다던 그 총각/ 얼굴 환한 산 벚꽃 향기 같겠지만/ 혹시나 해서 말 못 하고/ 웃음으로만 답하는 아버지 입가에" 머문 푸른 햇살을 배경으로 행간 속에 숨긴 농촌 이야기가 그려진다. 그러나 이 시에서 주목되는 이미지는 "아버지 둥둥 걷어 올린 무명 바지"를 단단히 묶은 "햇살 푸른 힘줄"이다. 그리고 "굽어진 마른 논두렁 귀퉁이로" 슬그머니 밀어내는 '훈풍의 손길'이다. 또한 "딸아이와 그 총각의 얼굴이 살랑거"리는 "아버지 얼굴에도 웃음이 찰랑거"리는 무논에 내려앉은 햇살이다. 그러니까 어머니의 햇살은 두레 밥상에, 아버지의 햇살은 무논에 내려앉은 햇살인 셈이다.

햇살 이미지는 「수련꽃 핀 아침」에서는 "눈물 어린 흔적을 씻고 돌아간 저녁/ 깊은 물속을 수없이 자맥질한/ 햇살의 자취"로, 「떠난 자리」에서는 "수도꼭지 틀어 서로의 안부를 묻고/ 아침마다 떠오르던 햇살"로, 「봄 햇살 그대」에서는 "오래된 빨랫줄에/ 하얀 입김 널어 두고 들어온 거실"에 시인보다 "먼저 젖힌 커튼 창살 넘어" 들어와 앉은 봄 햇살로 그리고 있지만, 이 '햇살' 모티프는 김정희 시를 촉발시키는 키워드라는 생각을 접을 수 없다.

그러나 김정희 시인에게 있어서 어머니와 아버지에 대한

그리움은 햇살로만 표상되지 않는다. 때로는 "작은 나무 공방 구석진 자리/ 장인의 이름 걸린 빈 실패 하나"로 실을 감으며, '시계 밥'을 주면서도 부모님을 생각한다.

> 많이도 아팠다 혼자서
> 땡 땡 땡 알리고도 또 알리고
> 불덩이 같은 신열은 멈추지 않았다
>
> 바늘이 정확한 숫자를
> 비켜 선지 오래다
>
> 시차를 잊고 겨우 살아온 세월
> 돌아와 둘러보니
> 수십 년간 보이지 않게 흘러간
> 발걸음이다
>
> 아버지 어머니 벽에서 소리가 나지 않아요
> 시계 밥 주라고 하신 흩어진 메아리
> 찾아 모아
> 다시 태엽을 감는다
> 자리를 찾아 우리의 시간에
> 못을 박는다

풀어진 태엽

녹슬지 않았다

아이들이 웃는다

땡 땡 땡

―「시계 밥」 전문

'시계 밥'은 시곗바늘을 돌리는 에너지이다. 수동으로 주기도 하지만 건전지를 통해 주기도 하는 에너지가 시계 밥이다. 죽은 기계를 태엽으로 감아 살리는 장치이기도 하다. 시인은 위의 시「시계 밥」의 4연 "아버지 어머니 벽에서 소리가 나지 않아요/ 시계 밥 주라고 하신 흩어진 메아리/ 찾아 모아/ 다시 태엽을 감는다"의 행간 속에서 아버지와 어머니의 부재를 암시하기도 한다. 그래서 시인은 멈춘 시계에 태엽을 감는다. 그리고 "자리를 찾아 우리의 시간에/ 못을 박"으며 아이들을 생각한다. 그리고 다시 살아나는 소리, "땡 땡 땡"에 웃는 별과도 같은 아이를 보고 "풀어진 태엽"은 "녹슬지 않았다"는 사실을 인식한다. 부모님의 벽시계에 태엽을 감으면서 부모님―자신―아이로 연결해 주는 생명의 연결성을 인식하고 있는 시로 보아도 좋을 것이다.

2. 불교적 모티프

불교 용품인 염주는 불교에서만 사용하지 않고 힌두교, 자이나교 등 인도 계열 종교에서 사용하는 법구法具이다. 염불이나 독경 등을 할 때 손에 들고 굴리며 번뇌를 소멸시키기 위해 혹은 절 횟수 등을 헤아리는 데 사용한다. 보통 염주는 108염주를 말하는 것으로 108번뇌를 뜻한다. 하나씩 손가락 끝으로 넘기며 염불을 하면 인간의 번뇌를 하나씩 소멸시킨다는 생각에서 나온 것이다. 김정희 시 「천 알의 염주」는 염불이나 절의 횟수를 헤아리기 위해 사용되는 염주로 불교 신자임을 입증하는 불교용품이다.

반백의 머리맡에
천 알의 염주
마디마디 풀어져 누워 있다

밤새도록 천장에서 내려다보던
편백나무 곳곳에 박혀 있던 검은 옹이
몇천 번을 염송한 한 물음에
답이 되어 왔던가

달려온 여명 앞에
보여지는 일상
내가 찾는다는 빛
등 뒤에서도 빛나고
옹이 안은 나무의 자리

오랫동안 그곳에 있었음이 보인다

비로자나

나, 너

풀리고 헤어진 자리마다

알알이

빛나고 있는 것을

―「천 알의 염주」 전문

　위의　시에　나오는　'비로자나'불은　인도　산스크리트어 'VIROJANA'가 의미하는 태양, 빛의 부처로, 가장 높은 곳에서 두루두루 모든 것을 비추는 태양 같은 부처이다. 빛은 대립 분열되고 있는 너와 나, 깨달음과 번뇌 혹은 중생과 부처 등을 하나로 통합한다는 의미가 있다. 따라서 깨달음과 진리의 상 징으로, 우주와 모든 존재를 비추는 빛으로 불교의 교리와 수 행의 중심이다. 따라서 위의 시에서 "여명 앞에/ 보여지는 일 상/ 내가 찾는다는 빛"이라는 이미지와 "비로자나/ 나, 너/ 풀 리고 헤어진 자리마다/ 알알이/ 빛나고 있는 것을"에서 보여 주고 있는 '여명' '빛'이라는 키워드가 의미하는 바 깨달음을 염원하는 염주의 시이다. 카오스 혹은 무명無明, 어둠을 밝히 는 지혜의 빛을 염원하는 시이다.

　또한 이 시에서 간과할 수 없는 부분은 2연이다. "밤새도록 천장에서 내려다보던/ 편백나무 곳곳에 박혀 있던 검은 옹이/

몇천 번을 염송한 한 물음에/ 답이 되어 왔던가"라는 화두와, 3연 "옹이 안은 나무의 자리/ 오랫동안 그곳에 있었음이 보인다"는 답변의 선문답 같은 시 구절도 주목된다. 여기에서의 '옹이'가 은유하고 있는 정체가 이 시 안에서는 불투명다의적 不透明多義的이지만, "내가 찾는다는 빛/ 등 뒤에서도 빛나"는 지혜인 것이 분명하다. 따라서 이 시 「천 알의 염주」는 다분히 선시적인 깨달음의 시이며 불교 시의 하나의 정수를 보여주는 시이다. 같은 맥락에서 시 「반가사유상 앞에서」를 보자.

어둠이 들어 왔다 다 나가지 못하고
빛에 걸려 있다
탈색된 그늘 속에서 찾아야 할 사람
누구인가

내 마음의 거리만큼 떨어진 사유상 앞에서
굳어버린 관절 뉘가 볼까 두리번거린다

박물관 벽을 등지고 또 하나의 표정
누대에 올라앉는다
마음은 어디 있는지
여기 붙었다 저기 붙었다 윙윙거린다

고요 속에도 잠들지 않는 생각

햇살이 어둠 속을 걸어 들어가듯

보살은 세상으로 나가고

눈앞에 일어난 새날

그림자 따라온 걸음들도

고개 숙여 나직이 발을 찾는다

―「반가사유상 앞에서」 전문

　반가사유상은 성도成道 전의 석가모니의 모습을 나타낸 것이다. 말 그대로 한쪽 다리를 한쪽 허벅다리 위에 얹고 걸터앉아서 손을 받쳐 뺨에 대고 사유에 잠겨 있는 부처의 상이다. 부처 되기 전의 보살 사유상이다. 그래서 시인은 끝 연에서 "고요 속에도 잠들지 않는 생각/ 햇살이 어둠 속을 걸어 들어가듯/ 보살은 세상으로 나가고/ 눈앞에 일어난 새날/ 그림자 따라온 걸음들도/ 고개 숙여 나직이 발을 찾는다"고 반가사유상 앞에서 노래한다.

　이 시에서 특히 간과할 수 없는 부분은 1연 "어둠이 들어 왔다 다 나가지 못하고/ 빛에 걸려 있다/ 탈색된 그늘 속에서 찾아야 할 사람/ 누구인가"에서 선문답의 선문禪問과 선답禪答인 3연 "박물관 벽을 등지고 또 하나의 표정/ 누대에 올라앉는다/ 마음은 어디 있는지/ 여기 붙었다 저기 붙었다 윙윙거린다"가 의미하는 것이 무엇인가 하는 문제이다. '찾아야 할 사람은 누구'이고, 3연에서의 '마음'은 어떤 마음인가이다. 전자는 시인 자신일 수도 있고, 후자의 마음도 시인의 마음일 수

있지만, 중생의 무명의 마음일 수도 있다. 그것을 환기시켜
주기 위한 깨달음의 시이다.

> 풍경도 잠이 든 이른 아침
> 어젯밤 빗속에 뒷산은
> 조용히 대웅전 앞으로 내려와
> 요사채로 걸쳐 있다
>
> 법당문 빗장 풀리지 않고
> 후원의 연못 속
> 수련꽃 봉우리 위에
> 청개구리 한 마리
> 법계의 몸으로 젖어 있다
>
> 관세음보살
> 관세음보살
> 합장한 두 손 열리지 않고
> 청개구리 간 곳 없으니
>
> 법당문 스르르 열고 나온 여린 빗줄기
> 불이문 지나 산문 어디
> 흐린 자국 한 걸음 찾아 헤맨다
>
> ―「안개 속 산사」 전문

이 시 또한 다분히 선시禪詩적이다. 풍경은 잠에서 깨어나지 않은 새벽. 뒷산은 대웅전 앞으로 내려와 요사채로 걸쳐 있다. 잠겨져 있는 법당문 빗장. 연못 속 수련 꽃 봉우리에 앉아 있는 청개구리. 그 청구리는 법계의 몸으로 젖어 있다. 그리고 마지막 연에서 "법당문 스르르 열고 나온 어린 빗줄기/ 불이문 지나 산문 어디/ 흐린 자국 한 걸음 찾아 헤맨다"로 이 시는 마무리되고 있다. 어느 것 하나 불교적인 설명이 필요하지 않은 구절이 없다. 참선하는 사람들끼리 진리를 찾기 위하여 주고받는 대화인 선문답 아니고는 설명이 가능하지 않은 시상이다. '선문답'의 속세적인 의미로 "주어진 문제와는 상관없이 한가로이 주고받는 이야기를 놀림조"의 말 혹은 유희 언어로 치부하고 넘어갈 수는 있어도 잠을 깨지 않은 풍경, 대웅전 앞까지 내려온 뒷산, 수련꽃 봉우리에 올라앉은 청개구리, 법당문 스르르 열고 나온 어린 빗줄기 등의 이미지는 머릿속으로 그려지지만 그 유기적인 의미를 확연히 이해하기는 쉽지 않다. 특히 법계의 몸으로 젖어 있는 청개구리는 더욱 그러하다. 이 청개구리가 자아의 사물화라는 표현 구조로 형상화한 시적 자아일 수도 있기 때문이다. 청개구리는 법계의 몸으로 "모든 현상·존재가 서로 연기하여 우주의 전체"인 부처일 수 있기 때문이다. 이러한 선적 비유가 이 시를 선시의 반열로 올리지만 일반 독자에게는 이해의 어려움을 준다.

해동된 명태 두어 마리
물빛을 달고 달려왔다

올려다보는 처마 끝에 매달려
엄동 한파와 싸워 보리라
눈을 뜨고 깊은 생각에 잠긴다
다시 꽁꽁 얼다 녹다를 반복하다가
맑은 영혼은 바다를 놓고
마른 몸 별이 되리라

바람에 풍경 되어 달각달각
아직 내가 바람이 될 날은 멀었는데
날마다 붉은 눈으로 쳐다보는
고양이 한 마리
내 한 몸 소멸도 순간의 보시가 된다면
밤 별이 된 그 눈 속으로
캄캄히 들어가고 말리라

해 뜨면 높이 매달은 손이
더 높은 적선의 길 간 줄
안다면 축복이겠지만
명태 보살 한 마리 왔다 간 처마
적막이 풍경 소리로 흐른다

차라리 시 「명태 보살」은 재미있다. 액막이 명태로 처마 끝에 매달아 놓은 부적을 노리는 고양이. 보살이 된 명태를 풍경으로 비유하고 있는 것들이 이 시를 재미있게 한다. 하지만 이 시에서도 적막과 보시의 키워드로 불교적 인식을 멈추지 않는다.

3. 시·공간時·空間의 연민 모티프

시인의 시세계를 탐색하는 데 있어 간과할 수 없는 부분은 시에 나타나고 있는 시간과 공간이다. 시세계라는 말에서 세계의 '세世'는 한자 훈으로 때(시간), 시대, 세상을 의미한다. 그리고 계界의 훈은 지경, 경계하다, 사이하다 등 공간을 의미하다. 그래서 시를 창작할 때, 혹은 감상 혹은 비평할 때 그 시의 시간과 공간을 탐색하지 않을 수 없다. 그뿐만 아니라 인간의 삶을 규정하는 데 있어 시간과 공간 개념은 시의 뼈대가 되기 때문이며, 이를 통해 시인이 처하고 있는 또는 시인이 인식하고 있는 시공간을 통해 그 마음속으로 들어갈 수 있기 때문이다.

이런 맥락에서 시의 자연의 공간과 시간을 구체적으로 인식하고 그것들의 관계를 살펴볼 수 있는 시 「소금나루 도서관」부터 살펴보자. 이 시는 바다를, 그리고 소금과 관련이 있는 마포 소금나루를 모티프로 한 시이다. 이렇게 바다를 공간적 모티프로 하는 시는 「밤바다 그 언저리에서」 「바람 그림」 등이 있다. 그리고 이 시들의 시간적 배경은 새벽과 밤으로 설정되었지만, 시의 이미지 형상화에 따라 한낮도 가능하고 자유롭게 설정할 수 있을 것이다.

강물은 먼바다를 안고
잠시 머물다
낮은 곳으로 슬금슬금 젖어 와서
어두워진 골목 끝에서
왕창 풀어 놓고 갔다

짠물 가득 밴 항아리 엎어진 채
말이 없는 마포구 염리동 길가
소금나루 도서관

햇살 받은 소금밭으로 눈부신 윤슬이
양식되어 가지런히 꽂혀 있다

눈 맞추어 손을 잡고
슴슴한 일상에
간 맞추듯 손맛 내면
출렁이는 삶의 바다는 리듬이 된다

입 큰 항아리 일어나 걸어 오는데

하루해가 짧아 소금나루는

자꾸만 하늘을 본다

—「소금나루 도서관」 전문

이 시에서도 김정희 시의 특성인 시적 대상인 자연물의 역동성을 볼 수 있어 시의 생동감과 탄력성을 느낄 수 있다. 이 시의 1연 "강물은 먼바다를 안고/ 잠시 머물다/ 낮은 곳으로 슬금슬금 젖어 와서/ 어두워진 골목 끝에서/ 왕창 풀어 놓고 갔다"는 강물의 역동적 이미지는 바람뿐만 아니라 골목이라는 육지까지 침범하여 어떤 시에서도 볼 수 없는 그 강한 역동성을 느끼게 한다. 또한 "햇살 받은 소금밭으로 눈부신 윤슬이/ 양식되어 가지런히 꽂혀 있다"에서 보듯이 윤슬 이미지를 소금밭으로 끌고 온다. 이는 리듬을 만드는 "일상에/ 간 맞추듯 손맛 내면/ 출렁이는 삶의 바다"를 표현하기 위한 미적 장치이다. 걸어오는 입 큰 소금항아리 이미지를 부각시키기 위한 미적 장치로 보인다.

시 「밤바다 그 언저리에서」의 미적 장치는 연연마다 주목되는 이미지가 있지만 시공간 이미지를 같이 형상화한 결말 부분의 "밤바람에 다독이며 여며보는 옷깃 속의 연민/ 길을 찾는데// 한 발짝 넘어선 뭍 난간에 묻힌 가로등/ 저 혼자 밝아 무심히/ 그대 발을 지키고 섰다"가 돋보인다.

얼마나 멀리 걸어왔던가
망망한 해원을 지나
쉼 없이 달려온 물살 앞에 선 그대
빈 발목이 시리다

멀리 보이는 고깃배의 한점 불빛이
아스라이 지나온 해로 속에 묻어둔
한철 꽃잎이었던가

밀려오는 잔상 속에
가만히 엎드린 물안개 끌어안고
목 놓아 그날들을 불러보지만
기억 속에 젖은 꽃잎 더욱 멀어져 가고
뱃전에 흩어져버린 발자국 별무리에 숨는다

갈팡질팡 뜬눈으로 새벽에 닿으면
충혈된 눈 속에 떠오르는 또 하루
걸음걸음 물비늘을 달고
어디로 가려는지

비틀거려도 쓸려가지는 말아야지
하얀 물거품으로 달아나지 말아야지
밤바람에 다독이며 어며보는 옷깃 속의 연민

길을 찾는데

한 발짝 넘어선 뭍 난간에 묻힌 가로등
저 혼자 밝아 무심히
그대 밭을 지키고 섰다.

ㅡ「밤바다 그 언저리에서」 전문

이 시를 이해하는 데 관건이 되는 '그대'는 특정한 사람일
수 있지만, 이 시의 서정적 자아인 시인으로 보아야 할 것이
다. 그래서 이 시 제목인 "밤바다 그 언저리에서"라는 공간적
이미지가 설득력 있게 다가온다. 그러나 이 시의 핵은 "밤바
람에 다독이며 여며보는 옷깃 속의 연민/ 길을 찾는데"에서의
'연민'이라는 키워드이다. 밤바다까지 멀리서 걸어온 시린 발
목과 젖은 꽃잎을 목 놓아 불러보던 그날의 기억, 그 발자국들
이 시인에게는 밤바다 그 언저리에 서 있는 서정적 자아에게
는 연민의 마음일 것이다.

사물을 자기화해서 형상화한 존재에 대해서도 시인으로 같
은 연민을 느낄 수 있다, 바다라고 하는 공간적 이미지 속에
서. 그 시가 「바람 그림」이다. 이 시는 이렇게 시작된다. "순
천만 겨울 갈대밭 사이 물길 위를/ 종종거리다 미끄러지는 바
람/ 잡을 수 없어/ 지지 못한 갈대꽃 멍하니 처다보는데". 제
목이 시사하는 것처럼 이 시의 주체는 '바람'이다. 그러나 그
다음 2연 "뒷걸음치며 가는 길 앞에/ 어디쯤 가다 왔는지 빈

나무배 한 척/ 갯벌 선착장에 묶여/ 나를 힐끗거린다"를 읽으면, '나무배 한 척'이다. 그 나무배를 "모른 척 눈을 피하다가/ 철새들이 찍어 놓은 발자국에/ 한 발 담가/ 미끄러지는 그림 그려 본다"까지 읽으면 이 시의 제목 "바람 그림"이 이해된다. 그러나 시적 자아인 시인의 연민은 나무배에 꽂힌다. 그래서 "그 자국마다 윤슬을 내려놓는 햇살이/ 나무배를 끌고/ 둑 너머 큰 세상에 닿아 준다면// 바람 함께 일렁이며/ 한통속 물이 되어 흘러갈 남은 여정/ 한점 손끝으로 그려내어/ 갯벌 위에 걸어 두고 가련만"이라고 노래한다. 그러니까 시인이 시적 사물을 자기화하고 싶은 대상은 나무배인 셈이다.

이와 같은 맥락의 시가 「그 목소리」다. 이 시는 길고양이를 모티프로 한 시이다. '그 목소리'는 길고양이 소리인 셈이다.

가끔 다니던 길 벗어나
걸음걸음 감겨오는 한 목소리
허기진 외침이 어둠보다 무겁게
내려앉은 이른 저녁

야윈 가슴 풀어 새끼를 품어야 하는
모진 삶의 약속
초승달 난간 끝으로 언뜻 보이는
길고양이 작은 젖꼭지
분홍 꽃보다 짙은 아픔이다

돌아갈 수 없는 정 한 그릇

채워두고 돌아보면

그릇을 차지한 새끼들 뒤에서

실눈 감았다 떴다

적막이 울타리 되어 기다리는 그 어미

비 그친 아침

나팔꽃 그늘 아래

먹이를 찾아 헤매는 어미의

눈물 젖은 그 목소리

어린 기다림은 귀를 열고

간절함에 목마르고.

—「그 목소리」 전문

    길고양이의 어미가 새끼를 부르는 소리나 새끼가 어미젖 찾는 소리는 생존의 소리이자 연민의 소리이다. 연민은 아리스토텔레스의 말을 군이 빌리지 않아도 우리를 가장 크게 전율하게 하는 정서이다. 연민의 소리는 어둠보다 무겁고 허기진 외침으로 우리의 "걸음걸음 감겨오는" 소리와 같다. 이를 위의 시에서는 어미를 "초승달 난간 끝으로 언뜻 보이는/ 길고양이 작은 젖꼭지/ 분홍 꽃보다 짙은 아픔"으로 표현했고, 이 시의 결말 부분에서 "먹이를 찾아 헤매는 어미의/ 눈물 젖

은 그 목소리/ 어린 기다림은 귀를 열고/ 간절함에 목마"른 새
끼의 소리로 표현하고 있다.

　연민의 미학은 공포와 함께 인간을 가장 전율하게 하는 정
서이지만, 시가 인간적 감정에 닿을 때 비로소 완성되는데, 그
것은 인간적인 공감이나 따스한 감정의 교류가 먼저 선행되
어야 한다. 그리고 카타르시스를 통해서 사물의 인간화와 휴
머니즘으로 인간의 삶을 고양시키고, 약자에 대한 공감과 연
대를 이끌어 내야 가능해지는 미학이다. 이러한 연민을 김정
회 시인은 시적 대상인 사물의 자기화와 시인적인 공감 의식
으로 형상화하고 있어 주목된다. 그럼에도 불구하고 그는 제
대로 평가받지 못한 시인 중 하나이다.

　김정회 시는 자연 친화의 표상물인 별과 햇살을 중심으로
바다와 바람 등 이미지로 감각적인 시를 형상화하는 한편으
로, 엄마와 가족 등을 모티프로 하는 서정시와 불교적 상상력
으로 불교시의 새 지평을 여는 시세계를 보여주고 있다. 그뿐
만 아니라 모티프 연민이라는 전율적 정서로 시적 대상을 자
기화 혹은 자기의 사물화를 통해 독자의 공감 영역을 확대하
고 있는 점에서 주목되는 시인임은 자명한 사실이다.▨

ㅣ 김정희 ㅣ

울산 울주군 출생. 2001년『문예운동』로 등단하였으며, 시집『여정』
이 있다. 현재 한국문인협회 및 울산문인협회 회원으로 활동 중이다.

이메일 : mangcho917@hanmail.net

현대시 시인선 238
기억 속의 그 별

초판 인쇄 · 2026년 2월 10일
초판 발행 · 2026년 2월 20일
지은이 · 김정희
펴낸이 · 이선희
펴낸곳 · 한국문연
서울 서대문구 증가로29길 12-27, 101호
출판등록 1988년 3월 3일 제3-188호
편집실 ㅣ 서울 서대문구 증가로31길 39, 202호
대표전화 302-2717 ㅣ 팩스 · 6442-6053
디지털 현대시 www.koreapoem.co.kr
이메일 koreapoem@hanmail.net

ⓒ 김정희 2026
ISBN 978-89-6104-418-9 03810

값 13,000원